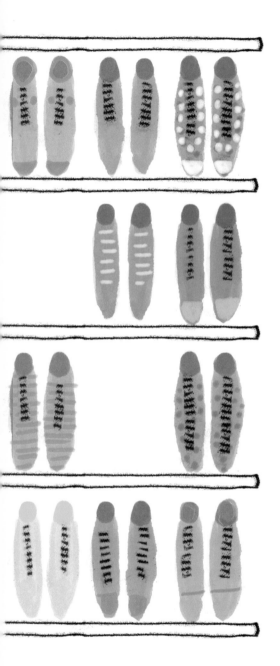

Para Arthur, con amor —Tim

Para Emily Ford, y para todos aquellos
que aman observar las nubes —G. M.

Puedes consultar nuestro catálogo en www.picarona.net

Luisa siempre va con prisa
Texto: *Timothy Knapman*
Ilustraciones: *Gemma Merino*

1.ª edición: junio de 2019

Título original: *Harry in a Hurry*

Traducción: *David Aliaga*
Maquetación: *Montse Martín*
Corrección: *Sara Moreno*

© 2019, Macmillan Children's Books
sello editorial de Pan Macmillan,
una división de Macmillan Pub. Int. Ltd.
(Reservados todos los derechos)
© 2019, Ediciones Obelisco, S. L.
www.edicionesobelisco.com
(Reservados los derechos para la lengua española)

Edita: Picarona, sello infantil de Ediciones Obelisco, S. L.
Collita, 23-25. Pol. Ind. Molí de la Bastida
08191 Rubí - Barcelona - España
Tel. 93 309 85 25 - Fax 93 309 85 23
E-mail: picarona@picarona.net

ISBN: 978-84-9145-250-8
Depósito Legal: B-1.364-2019

Printed in China

LUISA SIEMPRE VA CON PRISA

Timothy Knapman   Gemma Merino

 Picarona

Luisa siempre tenía prisa.

Comía deprisa.

Hablaba deprisa.

Y cuando se subía a su patinete, rodaba tan deprisa
que, a su alrededor, todo pasaba tal que así:

Pero a Luisa le daba igual.

—¡Yupiii! —gritaba mientras circulaba más y más rápido...

...haciendo tropezar a la policía de tráfico...,

...tirando las pizzas del repartidor...

...y haciendo saltar por los aires al cartero, con sus cartas y paquetes.

No vio el enorme agujero
en el que estuvo a punto de caer.

Ni el seto con el que estuvo
a punto de chocar.

Ni la minúscula piedrecita
en el camino...

...con la que tropezó
su rueda delantera...

...e hizo volar a Luisa
y a su patinete...

...de cabeza al estanque.

Cuando Tom la pescó, a Luisa le dolía todo,
y su patinete se veía torcido y descuajeringado.

—¡Está roto! —dijo Luisa—. ¡Pero tengo prisa!
—¿Dónde tienes que ir? —preguntó Tom.
—¡No lo sé! —respondió Luisa—. No lo sabré hasta que llegue.
¡Y ahora llegaré tarde!

Tom no comprendía el motivo,
pero Luisa parecía muy preocupada.
—Yo arreglaré tu patinete —dijo—,
pero me llevará algún tiempo.

Tom nunca tenía prisa.

Comía tan despacio que antes de que terminase
su desayuno, ya era hora de comer.

Hablaba tan despacio que la gente se dormía escuchándolo.

B. . . . L . . . . A

Y estornudaba tan despacio que le llevaba media tarde limpiarse la nariz.

—Siento estar tardando tanto en arreglar
tu patinete —dijo Tom—. Comamos algo.
Eso te animará.

¡No había nada que Luisa odiase tanto como esperar!
Pero le dolía todo el cuerpo, así que realmente
no podía ir a ninguna parte.

Luisa estaba malhumorada. Pero era extraño...
Mientras esperaba a Tom, se había dado cuenta
de lo acogedora que era su casa, lo cómodo que era su sillón
y lo bien que olía su sopa.

—¡La comida está lista! —dijo Tom mucho mucho después.

Luisa estaba realmente hambrienta.

Como de costumbre, Luisa quería comer deprisa.

Pero como le dolía el brazo, por una vez, tuvo
que comer despacio.

Luisa seguía malhumorada. Pero era extraño...
Si comía despacio, ¡la comida tenía un sabor
delicioso! ¡Y por primera vez, no tuvo hipo
después de comer!

Tom pasó la tarde trabajando en el patinete.
—Siento estar tardando tanto en arreglar tu patinete —dijo—.
Vayamos a dar una vuelta. Eso te animará.

Normalmente, Luisa iba a todas partes tan deprisa como
podía. Pero como le dolía la pierna, por una vez,
tuvo que caminar despacio.

Todavía estaba un poco
malhumorada. Pero era extraño...
Caminando despacio, el mundo
a su alrededor no era un enorme
y confuso borrón.

¡Era precioso!

Tom tenía que trabajar,
así que se marchó.

Luisa no se dio cuenta.
Respiró profundamente...
y se detuvo a contemplarlo
todo con atención.

Luisa todavía estaba allí cuando,
horas después, Tom regresó
con su patinete. ¡Parecía nuevo!

—¡Gracias! —dijo Luisa.
—Siento haber tardado tanto —dijo Tom.

—No. ¡Yo lo siento! —dijo Luisa.

—¡He sido demasiado gruñona! Pero gracias a ti
he aprendido que una casa puede ser acogedora,
que la comida puede ser deliciosa ¡y que el mundo que
me rodea es precioso! ¿Cómo podría agradecértelo?

Por una vez, Tom no tuvo
que pensar la respuesta
durante mucho tiempo.

—¡Yupiii!